VERS DV BALLET ROYAL

DANSÉ PAR LEVRS MAIESTEZ entre les Actes de la grande Tragedie de L'HERCVLE AMOVREVX.

Auec la Traduction du Prologue, & des Argumens de chaque Acte.

A PARIS,
Par ROBERT BALLARD, seul Imprimeur du Roy, pour la Musique.

M. DC. LXII.

Auec Priuilege de sa Maiesté.

PROLOGVE.

Es premiers Empereurs furent de Rome, & de l'Italie; Il y en eust apres qui tirerent leur Origine de la Grece, & de l'Asie, quoy que quelques-vns d'eux eussent pris naissance en Italie; Et ceux-là par l'Election de Nerua établirent l'vsage de les choisir dans leur Nation, En suite dequoy M. Vulpius Trajanus enuoya regner dans les Prouinces & Royaumes de l'obeïssance des Romains toutes les grandes Familles de la Grece & de l'Asie, desquelles (comme d'autant de testes couronnées) Claudian dit, en parlant du quatriesme Consulat de l'Empereur Honorius,

Nec nuper cognita Marti,
VVLPIA *progenies & quæ diademata Mundo*
Sparsit. &c.

De l'vne de ces Familles est sortie la Royale Maison de France, qui dans le cours de la Monarchie Romaine s'est trouuée vnie de parenté & d'aliance auec plusieurs & diuerses Familles Imperiales, & a-elle mesme esté plus d'vne fois adoptée à l'Empire, ce qui à fait dire qu'elle estoit née dans la Pourpre, & qu'elle auoit eu le Berceau des Cesars, ayant joüy de leurs honneurs & de leurs prerogatiues: d'ou vient que les plus anciens Roys de France s'appelloient Roys d'origine, & prenoient ces grands Noms de Palladiens, Mineruiens, & Basiliens, qui sentoient l'Empire & la gloire de l'adoption. De ce mesme rang furent ces Familles. La Giulia, l'Ottauia, la Coccia de Nerua, la Vulpia de Trajanus, la Flauia de Vespasianus, la Quintilia, la Vitellia, l'Aurelia, la Costanza, l'Amala, la Claudia, la Domitia, l'Annia, ou Ceionia, la Settimia de Lucius Septimius Seuerus, la Vipsannia, la Gordiana, la Calfurnia, &c. dont les sept dernieres ont porté & soûmis à celle de France des Nations & des Estats qui estoient sous leur puissance: Et comme elles ont contracté entr'elles diuerses alliances, il semble que quelques-vnes sont sorties de la mesme Tige, ce qui se prouue par les authoritez, les statuës, les vieilles inscriptions, les Medailles, les Monnoyes d'or de France confrontées aux mysterieux ornemens qui se voyent encore dans les anciennes Eglises, & autres vieux edifices de Paris & du Royaume, qui ont esté bastis sous la conduite des plus sçauans Hommes de leur Siecle. Ce que l'on verra plus amplement dans cette Royale Genealogie, composée par le Sieur Camillo Lilij. De toutes ces Illustres Familles, voicy celles qui non sans raison ont esté choisies pour representer l'Origine de la Maison de France.

La Giulia.	La Trajana.
La Claudia.	La Gordiana.
La Domitia.	La Calfurnia.
La Vipsannia.	L'Amala.
La Costanza ou Flauia.	La Marina, ou di Castino Marino.
La Ceionia ou Cesonia.	La Quintilia.
L'Aurelia.	L'Austriaca.
La Valeria.	

Les

Les idées de ces Familles Imperiales accompagnent la Maison de France, & brillent toutes ensemble dans le fonds du premier Ciel, auec l'Amour & l'Hymenée qui les ont vnies. Le Theatre represente des Rochers aux deux costez, & dans le fonds vne Mer en esloignement: Diane apres les loüanges deuës à tant de pompe, & à tant de Majesté, les conuie à descendre là, pour y faire honneur aux Nopces Royales, en s'humiliant deuant la Reine Mere, & rendant à sa personne ce qu'on doit à la source, & au principe du Couple Auguste. De là elle ordonne qu'Hercule Amoureux paroisse sur la Scéne, comme la Figure du Grand Monarque, pour y estre marié à la BEAVTÉ, en suite de ses Trauaux & de ses Triomphes. Cette diuine Troupe ayant dansé s'en retourne dans la mesme Machine, cependant que quatorze Fleuues qui arrousent les Estats, lesquels ont esté ou sont encore sous la domination de la France, applaudissent aux loüanges, à la Paix, & au Mariage, & finissent le Prologue auec l'admiration des Felicitez de ce Grand Estat, arriuées à leur comble par la Naissance de Monseigneur le Dauphin.

PREMIERE ENTRE'E.

LE ROY *representant la Maison de France.*
La Valeur, inseparable de la Maison de France, representée par le Comte de S. Aignan, qui suit sa Majesté, & luy dit:

DEs Royales Vertus Grande & noble Demeure,
Ie me suis atachée à vous de si bonne heure,
Que dans vos glorieux & penibles explois
I'ay suiuy pas à pas vos jeunes Destinées,
Et c'est pour ce sujet qu'on a dit tant de fois,
La Valeur n'attend pas le nombre des années.

II. ENTRE'E.

LE ROY, *la Maison de France.*
LA REINE, *la Maison d'Austriche.*
MONSIEVR, *l'Hymen.* Monsieur le Duc, *l'Amour.*
Mademoiselle.
Mesdemoiselles d'Alençon, & de Valois.
Les Comtesses de Soissons, & d'Armagnac.
Mesdemoiselles de Nemours, & d'Aumale.
Les Duchesses de Luines, de Sully, & de Crequy.
La Comtesse de Guiche,
Mesdemoiselles de Rohan, de Mortemar, & Des-Autels, *toutes representant des Familles Imperiales.*

POVR LEVRS MAIESTEZ, representant les Maisons de France, & d'Austriche.

DEux puissantes Maisons *pour qui tout se partage,*
Les armes à la main s'entre-poussoient à bout,
Mais l'Amour, & l'Hymen ont pacifié tout,
Et de ces deux Maisons *ne sont plus qu'vn Mesnage.*

Leur Eloge ſe meſle, & l'on priſe à tel point
L'Auguſte Majeſté du nœu qui les aſſemble,
Qu'on ne ſçauroit faillir de les loüer enſemble
Pour ne pas ſeparer ce que le Ciel a joint.

Maiſons, *que l'Vniuers a toûjours adorées,*
En ſuite d'vn lien ſi charmant & ſi doux,
Que d'Heureuſes Grandeurs vont ſortir de chez vous,
Et reſpondre aux Grandeurs qui chez vous ſont entrées.

Deſ-ja ce beau Dauphin *nous eſt en arriuant*
Le preſage aſſeuré d'vne longue bonace,
Deſ-ja quoy que de loin, ſa Naiſſance menace
D'vn furieux débris les coſtes du Leuant.

Il faut que l'Art s'eſleue au deſſus de ſes Regles,
Pour dire de vous deux les charmes acomplis,
L'vne a plus de blancheur que n'en ont tous vos Lys,
L'autre a plus de fierté que n'en ont tous vos Aigles.

Pour Monsievr, *repreſentant l'Hymen.*

Sans faire ainſi conteſter
La Fable auecque l'Hiſtoire,
Dire qu'Hymen eſt blond, cela ne ſe peut croire,
Il eſt fait comme vn Ange, on n'en ſçauroit douter,
Mais c'eſt comme vn bel Ange à cheuelure noire:
Ce doux Charmeur par qui tout le monde eſt lié,
Luy-meſme à ſon profit ne s'eſt pas oublié,
Les Dieux ſont ce que nous ſommes
Intereſſez, amoureux,
Et de meſme que les Hommes
Gardent le meilleur pour eux.

Pour Monsieur le Duc, *representant l'Amour.*

SOrty du plus pur Sang des Dieux,
Vous faites paroistre en tous lieux
L'authorité que vous y donne
Vostre rang & vostre Personne:
Qui vous refuseroit ses vœux?
Vous auez des dards & des feux;
Mais pour gagner vne Maistresse,
Et dans son cœur vous faire jour,
Vous auez la grande jeunesse,
*C'est vn des beaux traits de l'*Amour.

Pour Mademoiselle, *Famille Imperiale.*

VN seul de ces diuins regars
A plus de Majesté que les douze Cesars,
Elle a beaucoup de l'air d'vne fiere Amazone
Qui marche droit au premier Throsne.

C'est l'objet des plus nobles vœux,
Si l'Hymen & l'Amour en estoient crûs tous deux,
On n'attendroit pas moins de cette Auguste Fille
Qu'vne Imperiale Famille.

Mademoiselle d'Alençon, *Famille Imperiale.*

QVelle gloire pour vne Fille,
Pour la Fortune, quels efforts,
Si j'entre dans vne Famille
Esgale à celle dont je sors.

Pour Mademoiselle de Valois, *Famille Imperiale.*

VOus esgalez les plus belles Personnes,
Vous estes née entre mille Couronnes
Dont l'esclat veut que vous le portiez haut,
Et seulement qu'il plaise à la Fortune
Que vous puissiez en auoir encor, vne;
Vous en aurez autant qu'il vous en faut.

Pour

Pour la Comtesse de Soissons, *Famille Imperiale.*

CEs aymables vainqueurs, vos yeux, ces fiers Romains,
Semblent n'en vouloir pas aux vulgaires Humains,
Mais des plus esleuez permettre la souffrance,
Et ces grands cheueux noirs alors qu'ils sont épars;
Ont vn air de triomphe, & toute l'apparence
De sçauoir comme il faut enchaisner les Cesars.

Pour la Comtesse d'Armagnac, *Famille Imperiale.*

SI l'Amour qui peut tout sans qu'on y trouue à mordre,
De Femmes d'Empereurs vouloit fonder vn Ordre,
Qu'il falut de beaux yeux, vn tein vermeil & blanc,
Vne bouche adorable entre les plus parfaites,
Qui vous empescheroit de pretendre à ce rang?
N'auez vous pas des-ja toutes vos preuues faites?

L'on vous regarde icy jouer vn Personnage,
Où vous eussiez naguere excellé dauantage,
Et vous estes moins propre à de pareils emplois,
Ayant si-tost repris vostre embonpoint de fille,
Vous estiez d'vne Taille au bout de vos neuf mois
A bien representer le corps d'vne Famille.

Pour Mademoiselle de Nemours, *Famille Imperiale.*

CE grand air, cette haute mine,
Prouue quelle est vostre Origine:
Mais cette douceur qu'ont vos yeux
Est toute charmante, & respire
Je ne sçay quoy qui vaut bien mieux
Que la Majesté de l'Empire.

Pour Mademoiselle d'Aumale sa sœur, *Famille Imperiale.*

VOs yeux à qui des-ja tant de cœurs appartiennent
N'ont rien des Empereurs ces Tyrans anciens,
Sinon qu'à leur exemple on connoist qu'ils deuiennent
Grands Persecuteurs de Chrestiens.

Pour la Duchesse de Luynes, *Famille Imperiale.*

LEs Miracles sont possibles
A cette rare Beauté,
Dans ces yeux doux & terribles
On voit en societé
Deux choses peu compatibles
L'Amour & la Majesté.

Pour la Duchesse de Sully, *Famille Imperiale.*

LEs riches ornemens les superbes Couronnes
Ajoustent peu de chose à certaines Personnes,
Et ne pouriez vous pas fort bien regner sans eux?
Vous auez vne Taille, & vous auez des Yeux.

Pour la Duchesse de Crequy, *Famille Imperiale.*

VOus abandonnez donc la Seine pour le Tibre?
Rome va s'enrichir au despens de Paris?
Elle y perdra pourtant ce qu'elle auoit de libre,
Et se prendra sans doute où le reste s'est pris:
On ne peut s'échaper de cet aymable piege,
Et vous allez remettre auec vostre Beauté
L'Empire dans son premier Siege,
Mais bien plus florissant qu'il n'a jamais esté.

Pour la Comtesse de Guiche, *Famille Imperiale.*

QVoy que vostre interest ne soit pas mon affaire,
Laissez-moy vous en dire icy mon sentiment,
Vous estes belle & jeune, aymable infiniment,
Mais vous ne faites pas ce que vous deuez faire.

Representer ainsi la Famille *d'vne autre*
Qu'a cette fonction d'agreable pour vous ?
Et ne vous en desplaise ainsi qu'à vostre Espoux,
Seroit-ce pas mieux fait de commencer la vostre?

Pour Mademoiselle de Rohan, *Famille Imperiale.*

C*Ette Belle à qui rien ne se doit comparer*
En sa jeune Personne a des graces diuines,
Qui peut y paruenir n'a rien à desirer,
Quelquefois sur le Throsne on est sur des épines,
Qui sera dans son cœur sera plus doucement;
Et ne laissera pas d'estre aussi noblement.

Pour Mademoiselle de Mortemar,
Famille Imperiale.

D*Ieux! à quel comble est-elle paruenuë!*
Iamais Beauté n'eut des progrez si promts,
Comme elle y va; si cela continuë
Ie ne sçay pas ce que nous deuiendrons;
L'aymable Fille!
A tous les cœurs elle donne la Loy,
Et pour auoir vne belle Famille,
Voila dequoy.

Pour Mademoiselle Des-Autels,
Famille Imperiale.

D*E cette jeune Troupe en Beauté singuliere*
On n'a pris que vous seule, & ce chois est bien doux;
Ce n'est pas sans raison qu'on peut dire de vous,
Que vous representez vne Famille *entiere.*

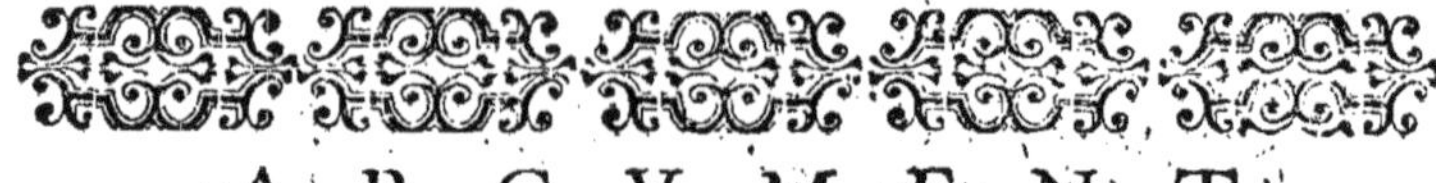

ARGVMENT
DV PREMIER ACTE.

Es deux costez du Theatre sont des bocages, & l'enfoncement de la Perspectiue est vn grand Païsage en éloignement qui touche au Palais Royal d'Eocalie, ou Hercule passionnément épris des beautez d'Yole, se plaint de sa rigueur, & de l'injustice de l'Amour. Venus descend accompagnée des Graces, excuse son Fils, & promet à Hercule de luy rendre le cœur d'Yole fauorable : Pour cet effet elle ordonne à ce Demy-dieu de se rendre dans le Iardin de Fleurs, où elle sera deuant que le Soleil se couche, & de faire en sorte qu'Yole s'y trouue. Iunon leur commune ennemie, cachée dans vn nuage pour les écouter, se dispose à rompre l'effet de leur entreprise, & court toute furieuse vers la Grotte du Sommeil, faisant sortir de ce mesme nuage des Foudres & des Tempestes, qui forment la troisiesme Entrée du Ballet, & terminent le premier Acte.

III. Entrée.

Des Foudres & Tempestes.

Les Sieurs Beauchamp, D'heureux, Raynal, & Desbrosses. *Foudres.*
Les Sieurs Des-Airs, de Lorge, le Chantre, & de Gan. *Tempestes.*

Pour les Foudres.

L'Impetuosité de la chaude vapeur
Nous transit & nous charme, on l'admire, on en tremble,
Et nous doutons encor qu'on puisse tout ensemble
Donner tant de plaisir, & faire tant de peur.

ARGV-

ARGVMENT DV SECOND ACTE.

LA Scene change en vne grande cour du Palais d'Eocalie, où Illus & Yole s'entretenans de la passion qu'ils ont l'vn pour l'autre, sont interrompus par l'arriuée d'vn Page qu'Hercule enuoye à Yole, pour la prier de se trouuer au Iardin de Fleurs, ce qui cause vne grande jalousie au pauure Illus, mais il est vn peu r'assuré par sa Maistresse, qui est toutefois contrainte d'accepter l'offre d'Hercule, & presse Illus son fils de vouloir estre de la partie: Ils partent ensemble pour y aller, & le Page resté seul s'estonne en luy-mesme, & ne peut comprendre ce que c'est que cet Amour, qui fait tant de bruit dans les Cours, où il est chanté si souuent. Là dessus arriue Dejanire femme d'Hercule, suiuie de Lycas qui s'entretient auec le Page, & ayant tiré de sa bouche par adresse vne plus particuliere cognoissance des amours de son Maistre, confirme d'autant plus Dejanire dans la jalousie qui l'a fait venir en ce pays, & elle se plaint hautement de l'infidelité de son Espoux; Lycas luy dit assez plaisamment son opinion sur cette matiere, elle luy demande conseil, & enfin ils resoluent entr'eux de se tenir encore cachez sous les mesmes habits de paysans qu'ils auoient pris pour n'estre point cognus, & d'attendre le temps de se découurir bien à propos. La Scene estant changée en la Grotte du Sommeil, où par l'ordre de Pasithée sa femme il se fait vn petit Concert de Zephirs & de Ruisseaux, pour entretenir son assoupissement, Iunon paroist qui la prie de trouuer bon qu'elle emmene le Sommeil pour vn peu de temps, & qu'il ne court point fortune en cette occasion de desplaire à Iupiter: Ce qui luy estant accordé elle l'emporte dans son Char. Les Songes estendus &

gisans dans la Grotte, se releuent & font la quatriesme Entrée du Ballet, & la fin du second Acte.

IV. ENTRÉE.

Des Songes.

Le Cheualier de Fourbin. Les Sieurs D'heureux, Don, Beauchamp, Villedieu, Desbrosses, le Chantre, de Lorge, du Pron, de Gan, Mercier, & la Pierre. *Songes.*

Pour les Songes.

Belles illusions, agreables mensonges,
Combien de vrais plaisirs nous causez-vous icy?
L'on dit qu'il ne faut pas s'arrester à des Songes,
Le moyen de ne pas s'arrester à ceux-cy?

ARGVMENT DV III. ACTE.

LE Theatre n'est plus qu'vn Iardin de Fleurs, Venus descenduë du Ciel dans son Char y trouue Hercule, & par le moyen de la baguette qu'elle a prise à Circé, elle fait sortir de terre vn siege d'herbes & de fleurs enchantées, & se retire. Yole paroist, Hercule la conuie de s'asseoir sur ce siege, elle obeït, & n'y est pas si-tost qu'elle est contrainte, non sans estonnement, de luy auouër qu'elle a pour luy beaucoup d'inclination: Illus frappé de ce discours ne peut retenir sa douleur, ce qui confirme dans le Pere le soupçon que le Page luy auoit des-ja donné, que son propre Fils estoit son Riual. Hercule le chasse, & demeure seul auec Yole, qui forcée par l'enchantement luy declare que non seulement elle l'ayme, mais qu'elle est toute preste à l'espouser, pourueu qu'elle en ait la permission de l'Ombre de son pere Eutyre, qu'elle veut appaiser par ses prieres. Iunon paroist en l'air auecque le Sommeil, qui par ses ordres ayant endormy Hercule, donne lieu à la Déesse d'auertir Yole de la tromperie, & apres luy auoir osté cette impression magique par l'odeur de quelques herbes, elle luy jette vn poignard, & l'exhorte à vanger la mort de son pere sur la vie, d'Hercule endormy. Yole r'entrée en elle-mesme, & reuenuë à ses premiers sentimens prend l'occasion, & comme elle est sur le point de tuër Hercule, elle en est empeschée par son cher Illus qui luy retient le bras, & que Iunon auoit fait cacher pour estre tesmoin de ce qui se passeroit entre Yole & son Pere, lequel estant soudain resueillé par le soin de Mercure, que Venus auoit employé à cela, & voyant encore dans la main de son Fils le poignard qu'il auoit osté à Yole, va s'imaginer qu'il n'est en cette posture que pour l'assassiner, & tout furieux il conclut sa mort, sans escouter les justifications d'Illus, ny les protestations d'Yole, encore moins les larmes de sa femme suruenuë assez mal à propos pour rendre plus visible le mespris qu'il faisoit d'elle. Yole voyant la vie de son Amant en danger, croit ne pouuoir prendre vn meilleur party que de promettre à Hercule de l'aymer, pourueu qu'il pardonne à son Fils; cette esperance le retient, cependant il veut que Dejanire s'en retourne & en attendant vn plus grand esclaircissement il commande à son Fils de s'aller mettre luy-mesme dans vne Tour qui est sur la Mer. En suite de ces cruels ordres, il sort auec Yole & laisse la Mere & le Fils qui déplorent leur mauuaise Fortune, & se plaignent de leur douloureuse separation. Le Page & Lycas se disent adieu, & l'vn aprend à l'autre vne Chanson contre l'Amour qui est cause de tant de desordres. Les Esprits qui se trouuoient vn peu resserrez dans le siege enchanté, tesmoignent la joye qu'ils ont de se voir libres, & entrans dans les Statuës du Iardin, les animent & font la cinquiesme Entrée du Ballet, & la conclusion du troisiesme Acte.

V. ENTRÉE.

Des Statuës.

Le Marquis de Rassan. Monsieur Coquet, Messieurs Bruneau, Langlois, Tartas, & Lambert.
Les Sieurs L'Amy, les deux Des-Airs, Iolly, le Noble, Noblet, Proüaire, Des-Rideaux, Des-Airs le petit, & le Grais. *Statuës.*

Pour les Statuës.

LEs choses de ce monde estant bien debatuës,
Cecy tesmoigne assez que chacune a son tems,
Les Gens sont quelquefois ainsi que des Statuës,
Les Statuës par fois sont ainsi que des Gens.

ARGVMENT DV IV. ACTE.

LA Scene est changée en vne Mer, au bord de laquelle on void quantité de Tours sur des écueils & sur des Rochers, & dans l'vne se trouue Illus prisonnier, qui se plaint de sa jalousie. Le Page arriue dans vne Barque, & luy presente vne Lettre de la part d'Yole, par laquelle elle s'excuse enuers luy de la dure necessité qui la force d'espouser le Pere, pour sauuer la vie au Fils : Illus, bien plus malheureux par ce remede qu'il ne l'estoit par son propre mal, presse le Page de s'en retourner en diligence, & de luy dire qu'elle n'espouse point Hercule, & qu'il ne luy peut arriuer rien de pis que ce Mariage. Vne Tempeste s'esleue, abysme le Page, & la Barque, ce qui est cause qu'Illus se precipite de desespoir. Iunon paroist sur vn Throsne, & prie Neptune de le sauuer, en quoy la Deesse estant

obeye

obeye à point nommé elle reuoit ce jeune Homme à ses pieds, le console par l'esperance d'vne meilleure destinée, & l'ayant laissé sur le riuage s'en retourne au Ciel, & commande aux Zephirs de celebrer la victoire qu'elle vient de remporter sur la Deesse Venus, ce qu'ils font par vne Danse dans la mesme Machine.

VI. ENTRÉE.

Des Zephirs.

Le Comte de Marsan. Le Baron de Gentilly,
Messieurs Hesselin fils, Sanguin fils, d'Aligre fils,
Et le Sieur Letan. *Zephirs.*

Le Comte de Marsan, *Zephyr.*

IL me déplaist assez de n'estre qu'vn Zephir,
Et de ne pouuoir pas encore à mon plaisir
Déraciner vn Arbre, & le coucher par terre,
Abatre de mon souffle & tours & pauillons;
Renuerser comme épis les plus gros bataillons,
Helas! moy qui me sens si propre pour la guerre
La feray-je long-temps encore aux Papillons?

Pour le Baron de Gentilly. *Zephyr.*

L'On me verra bien-tost pousser de vrais soûpirs,
Et n'estre plus du rang de ces petits Zephyrs
Dont la pluspart ne font encore
Que badiner auecque Flore.

Pour Monsieur Hesselin fils, *Zephyr.*

DEs-ja mon petit murmure
Fait trembler plus d'vne fleur,
I'espere si le temps dure
Estre en assez bonne odeur.

Pour Monsieur Sanguin fils, *Zephyr.*

VN Zephyr est mal propre aux nauigations,
Mais quel vent je seray si je tiens de mes Peres
Qui de la grande Mer des conuersations
Sont les vniques vents incessament contraires,
Ils vont par vn chemin des autres different,
Et ne se laissent pas emporter au torrent.

LA Scene change en vn bois de Cypres plain de Sepulchres de Rois, où Dejanire desesperée vient pour s'enterrer toute viue: Mais en estant empeschée par Lycas, elle y void aussi entrer Yole enuironnée d'vne Troupe de Sacrificateurs & de Demoiselles, qui l'assistent pour le Sacrifice qu'elle veut faire deuant le Tombeau de son pere Eutyre, afin d'obliger ses Manes à luy permettre d'espouser Hercule. L'Ombre sort des ruines du Tombeau, & luy fait de sanglans reproches de ce qu'elle veut estre la femme de son Meurtrier. Dejanire qui entend parler de son Mary & de son Fils, se mesle dans la conuersation, & leur aprenant comme Illus vient d'estre noyé, l'Ombre en tire vne nouuelle raison pour dissuader ce Mariage à sa fille, qui ne le faisoit que pour luy sauuer la vie, & puis retombe aux Enfers en murmurant, & apres auoir menacé Hercule de se joindre pour sa perte à tous ceux qu'il auoit massacrez. Yole ne voulant pas moins mourir que Dejanire, toutes deux ne reçoiuent de consolation que par l'esperance que Lycas leur donne de deliurer Hercule de sa passion par le moyen de la chemise du Centaure Nessus. Elles se retirent auec luy, & il ne demeure que les Demoiselles qui dans l'espouuante que leur causent quatre Fantosmes qui leur apparoissent, composent la septiesme Entrée du Ballet, & ferment le quatriesme Acte.

VII. ENTRÉE.

Des Fantosmes & Demoiselles.

Messieurs du Moustier, la Marre, Mahieu, Grenerin, Chicaneau, Desonets, du Feu, Manseau, Bureau, Des-Airs le petit, Cordesse, & Arnal. *Fantosmes & Demoiselles.*

Pour les Fantosmes & Demoiselles.

Mettez-moy d'vn costé quatre Spectres d'Enfer,
De l'autre nombre égal d'antiques Demoiselles
De celles que l'on croit faites par Lucifer
Pour la damnation des Ieunes & des Belles ;
Joignez-bien ce Troupeau dont je vous fais le plan,
Ie le donne au plus fin qui soit dans le Royaume,
De pouuoir démesler en l'espace d'vn an
Quelle est la Demoiselle, ou quel est le Fantosme.

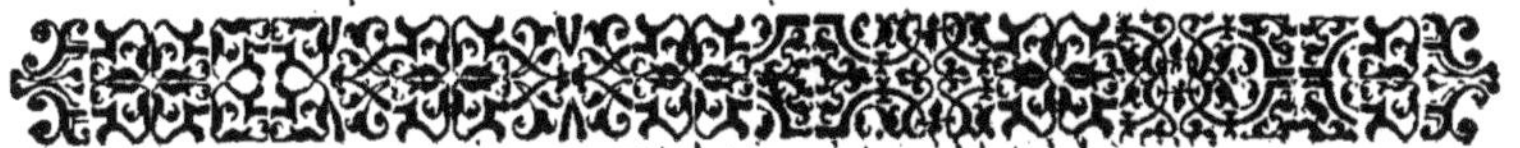

ARGVMENT DV V. ACTE.

L'Enfer paroist, & l'on y void l'Ombre du grand Eutyre auec celles des autres Rois & Princes tombez sous les armes d'Hercule, qui conspirent toutes ensemble, comme autant de Furies à le faire mourir de rage & de douleur. Pluton sur le point de se voir vangé d'Hercule, qui a porté ses conquestes jusques aux Enfers, en tesmoigne sa joye par vne danse qu'il fait auec Proserpine.

VIII. ENTRÉE.

Pluton & Proserpine, auec douze Furies.

LE ROY, representant Pluton.

Raynal, representant Proserpine.

Pour LE ROY, representant Pluton.

QV'à son gré le Soleil regne sur l'Hemisphere,
Vous ne l'enuiez point, & la grande Clarté,
Quoy que l'on ne soit pas resolu de mal faire
Ne laisse pas d'auoir son incommodité :
Chacun dans ces bas lieux sent son mal qu'il expose
Seulement aux regars de celle qui le cause,
On soûpire en secret dans vos sombres Estas,
Et la flame qui brusle au moins n'éclaire pas.

Les Demons vos sujets endurent mille peines,
Car outre l'Interest, outre l'Ambition,
Amour leur fait sentir ses rigueurs inhumaines,
C'est vne imperieuse, & forte passion,
Tous en sont agitez d'vne terrible sorte :
De s'enquerir comment le Monarque se porte
Parmy de si grands maux, & si contagieux,
La curiosité n'en apartient qu'aux Dieux.

LA Scene change encore, & represente vn Portique des deux costez, & en perspectiue le Temple de Iunon Pronube. Là Hercule vient pour espouser Yole, de la main de laquelle il reçoit la fatale Chemise du Centaure, & l'ayant vestuë comme vne Robe de Nopce, il entre aussitost dans vne telle fureur qu'il sort pour s'aller jetter dans le feu du sacrifice ; Mais Iupiter l'ayant transporté dans le Ciel, & luy

& luy ayant fait espouser la BEAVTE ; Iunon descend, & par cette nouuelle donne vne grande joye aux deux jeunes Amans qu'elle marie sur le champ. En mesme temps toutes les Spheres, & leurs diuerses Influances jointes à vn Chœur d'Estoilles, font vne danse qui n'est pas moins à la gloire du Mariage de leurs Majestez, que de celuy d'Hercule, qui n'est que la figure de l'autre, & toutes ensemble composent dix Entrées d'vn Ballet par où finit cette Tragedie.

Planettes & Influances.

Mars.	*Capitaines.*
La Lune.	*Pelerins.*
Mercure.	*Charlatans.*
Iupiter.	*Monarques.*
Venus.	*Plaisirs.*
Saturne.	*Enchantemens.*
Soleil.	*Les 24. Heures.*
	Estoilles.

IX. ENTRÉE.

Mars, suiuy d'Alexandre, Iules Cesar, Marc Antoine, Pompée, & autres grands Capitaines de l'antiquité.

LE ROY, *representant Mars.*

Monsieur le Prince, *representant Alexandre,*
Monsieur le Comte de S. Aignan, *representant Cesar.*
Le Marquis de Rassan, *representant Marc Anthoine.*

Monsieur Bontemps, ou M. S. Fré. Messieurs Verpré, Langlois, & Bruneau Les Sieurs Des Airs, Raynal, & le Noble, *Capitaines.*

Monsieur Coquet. Messieurs Beauchamp, D'heureux, & Desbrosses, *Enseignes.*

Pour LE ROY, *representant le Dieu Mars.*

DOnc la guerre estant finie,
Loin d'estre les bras croisez
A des Trauaux oposez
Mars aplique son genie;
Donc il met les armes bas,
Et ne se repose pas
Quand ses mains de sang sont nettes,
Mais dans vn calme si doux
Aßis entre les Planettes
Il regne & veille sur nous.

Le Bon-heur en abondance
Par luy nous sera versé
De son Ciel où l'a placé
L'Eternelle Prouidence:
C'est là qu'il sçait présider,
Et qu'on luy voit décider
Des fortunes de la Terre,
Nul n'est paruenu si haut,
Il est le Dieu de la Guerre,
Et gouuerne comme il faut.

Venus aymable & charmante
Le domte sans l'affoiblir,
L'occupe sans le remplir
Soit presente, soit absente:
Plutost émeu que troublé
Son cœur n'est point acablé
Sous vne indigne victoire,
Et mettant ses fers au jour
Il n'oste point à sa gloire
Ce qu'il donne à son Amour.

Pour Monsieur le Prince, *representant Alexandre.*

ALexandre est cognu pour vn grand Capitaine,
De cette verité l'Histoire est toute plaine,
Dés sa grande jeunesse enfin sans contredit
Dans le Monde il a fait ce que le Monde en dit,
Cent belles actions d'immortelle memoire
Comme à toute la terre ont pû luy faire croire
Qu'elles ne partoient pas d'vne mortelle main,
Examinant son cœur il s'est crû plus qu'humain;
Mais cõme on se réueille à la fin d'vn long somme,
Prenant garde à son sang il ne s'est crû qu'vn Homme,
Et depuis Iupiter n'a point veu sous les Cieux
De Zele plus soûmis, ny plus religieux.
Ce n'est qu'vn Homme enfin, mais vn Homme admirable,
Il ne s'en verra point qui luy soit comparable,
Personne au champ de Mars iamais si loin n'alla.
Mais n'en disons pas plus, & demeurons-en là,
Abregeons des discours fleuris comme les nostres,
Ces Braues ont leur foible aussi bien que les autres,
En quelque si haut point que sa Gloire l'ait mis,
Luy qui seul tiendroit bon contre cent ennemis,
Fiez-vous-en à moy, quelque mine qu'il fasse
Il ne soustiendroit pas vne loüange en face.

Iules Cesar, representé par le Comte de S. Aignan.

AVX DAMES.

PAr tout mes ennemis ont monstré les espaules,
Ie me suis signalé dans la guerre des Gaules,
Ce Theatre fameux de tant d'exploits hardis:
Faire des improntus fût ma noble coustume,
Tantost par mon espée, & tantost par ma plume,
On parle de mes faits, on parle de mes dits.

Il n'est difficulté que mon bras n'ait franchie
Pour monstrer à quel point j'aymois la Monarchie
Dont selon mon pouuoir j'ay rehaussé l'esclat:
A tous les ennemis de la grandeur Royale
De bon cœur je souhaite vne rencontre égale
A ce qui m'ariua jadis dans le Senat.

Vostre force n'est pas vne force commune,
Beaux yeux qui rappelez Cesar & sa Fortune,
Afin de les mener derriere vostre Char:
Personne de si loin n'est venu pour vous plaire,
Cette peine vaut bien quelque petit salaire,
Et comme vous sçauez il faut rendre à Cesar.

Le Marquis de Rassan, *representant Marc-Anthoine.*

ICy je represente
Vn Romain qu'à la fin son malheur mit à bout
Qui voudra l'imiter il est bon qu'il s'exemte
Du dessein de vouloir le copier en tout;
Ce fut vn noble cœur, vne Ame grande & haute
Qui tomba neantmoins dans vne lourde faute:
Sa faute luy cousta son Empire & le iour,
Luy coûta son honneur qui vaut mieux qu'vn Empire,
Luy coûta plus encor, luy coûta son Amour,
Et cela s'est tout dire.

X. ENTRÉE.

Influances de la Lune, & Pellerins.

Mademoiselle Girault, *representant la Lune.*
Pelerins. Messieurs Coquet & Villedieu Le Sieurs Don, Lambert, Baltazard, le Conte, Noblet, Bonard, Mercier, & la Pierre.

Pour

Pour les Pelerins.

AVX DAMES.

Nous auons fait vn vœu d'aller par tout le monde
Publier qu'il n'eſt rien de comparable à Vous,
Sur cet vnique point le voyage ſe fonde,
Et deſ-ia pour partir nous nous preparons tous:
C'eſt à vous de ſonger à noſtre ſubſiſtance,
Et meſme il ne faut pas y ſonger pour vn peu,
Car ſi vous refuſez d'en faire la deſpence;
Adieu le Pelerin, le Bourdon, & le Vœu.

XI. ENTRÉE.

Influances de Mercure, & Charlatans.

Mercure ſeul, repreſenté par Monſieur Doliuet.

Les Charlatans. Meſſieurs Parque, Chamois, Bourcier, Cheuillard, Mahieu, du Mouſtier, Lerambert, le Chantre, Guignar, Picot, de Lalun, Deſonets, du Breüil, Vagnac, Payſan, Cordeſſe.

Pour les Charlatans.

Dans vn Siecle comme le noſtre,
Il ne ſe fait plus rien qui ne ſerue aujourd'huy,
Quand vn homme eſt vn ſot; ſi c'eſt tant pis pour luy,
Du moins c'eſt tant mieux pour quelqu'autre.

XII. ENTRÉE.

Influances de Iupiter, accompagné de quatre Monarques & de quatre Nations.

Le Duc de Guise, *Iupiter.*
Le Cheualier de Fourbin, *Auguste.* Le Sieur Beauchamp, *Annibal.* le Sieur d'Heureux, *Philippes.* & le Sieur Raynal, *Cyrus.*
Monsieur de l'Hery, les Sieurs Des-Airs, de Lorge, Des-Brosses. *Grecs.*
Messieurs du Iour, & Villedieu, les Sieurs de Gan, & le Noble. *Romains.*
Les Sieurs de la Marre, Don, Du Pron, & Noblet. *Persans.*
Monsieur Souuille. Les Sieurs du For, le Chantre, & Chicanneau. *Affricains.*

Le Duc de Guise, *representant Iupiter.*

MAlgré le rang que ie tiens
Mon cœur est dans les liens;
I'ay mis les Geans en poudre,
La Beauté toute seule a pû m'assuietir,
Et mon Aigle ny ma foudre
Ne m'en ont sceu garentir.

XIII. ENTRÉE.

Venus, & les Plaisirs.

CONCERT DE VENUS & des Plaisirs.

Les Plaisirs.

VOus, qui des seuls thresors comblez tous vos desirs,
L'auare faim de l'or peut bien estre assouuie,
Mais sans les vrays Plaisirs,
Qu'est-ce que de la vie?

Recit de Venus chanté par Mademoiselle Hilaire.

Plaisirs, venez en foule
Vous qui sçauez si bien rendre les cœurs contens.
Le bel âge s'écoule,
Et vous passez aussi de mesme que le Temps.
Acompagnez tousiours le Royal Hymenée,
Vous estes faits pour luy, comme il est fait pour vous,
Gardez bien la chaleur qu'Amour vous a donnée,
Et pour estre permis n'en soyez pas moins doux.

Les Plaisirs.

Vous que tient la Fortune au rang de ses martyrs,
Elle peut vous payer quand vous l'auez suiuie,
Mais sans, &c.

Venus continuë.

Pourquoy faire des crimes
Quand on peut autrement soulager ses desirs?
Les plaisirs legitimes
Enfin vont l'emporter sur les autres Plaisirs.
Accompagnez, &c.

Les Plaisirs.

Vous qui faites l'amour, vous pouuez en soûpirs
Passer vos plus beaux iours, s'il vous en prend enuie.
Mais sans, &c.

Monſieur le Duc, le Prince de Loraine,
Les Comtes d'Armagnac, de Guiche, & de Sery.
Les Marquis de Genlis, de Mirepoix,
de Villeroy, & de Raſſan.
Monſieur Coquet. *Les Plaiſirs.*

Monſieur le Duc, *vn des Plaiſirs.*

Bien que dans les Plaiſirs s'enrole ma ieuneſſe,
Belle & mon cœur iroient à des emplois meilleurs,
Il eſt formé d'vn Sang ennemy de moleſſe,
Et ie les ſens tous deux qui m'appellent ailleurs.

Pour le Prince de Lorraine, *vn des Plaiſirs.*

Avx Dames.

Sexe charmant, voicy bien voſtre affaire,
Et ſupoſé que le Plaiſir
Soit vne choſe neceſſaire,
Vous ne ſçauriez pas mieux choiſir.
Mais n'allez pas d'vn air farouche
Dire que vous n'en voulez point,
Et niaiſement ſur ce point
En faire la petite bouche:
Le plaiſir ayde à la ſanté,
La ſanté fait qu'on eſt plus belle,
Et n'eſt-ce rien que la beauté?
A voſtre auis, que feriez-vous ſans elle?

Le Comte d'Armagnac, *vn des Plaiſirs.*

Les autres à leur gré feront cent & cent tours,
Ce n'eſt pas trop pour eux d'auoir toute vne Ville,
Ie me contente à moins, & veux eſtre toûiours
Le Plaiſir *d'vne ſeule, & le Deſir de mille.*

Pour le Comte de Guiche, *vn des Plaiſirs.*

Icy tous les Plaiſirs ſont ramaſſez enſemble,
La Nature qui fait les choſes auec pois
En vn meſme ſuiet les a tous mis ce ſemble
Afin de les pouuoir donner tous à la fois;

Ils y sont tous, & Telle auec vn air modest
Pretend que sa Vertu soit vn de ses apas,
Qui dans ce seul Plaisir *que vous voyez si leste,*
Les a tous rencontrez, & ne s'en vante pas.

Le Comte de Sery, *vn des Plaisirs.*

M*Ieux que personne, au fond de mon desir,*
Ie sens combien la double peine est grande
Soit quand il faut attendre le plaisir,
Soit quand il faut que le Plaisir *attende.*

Pour le Marquis de Genlis, *vn des Plaisirs.*

L*Equel de nos cinq sens pouuez vous delecter?*
Ce n'est pas nostre Oüye à vous oüir chanter,
Pour le Goust, il faudroit vne faim effroyable
A qui vous mãgeroit estant dur comme vn Diable,
Quant à l'Atouchement, nous serions empeschez
A démesler icy les cœurs que vous touchez:
L'Odörat est subtil, mais aucun ne soupçonne
Qu'en ce point vous soyez incommode à personne,
On ne peut là-dessus vous accuser de rien:
Ha! ie l'ay deuiné c'est que vous dancez bien,
Et qu'ayant de beauté la face dépourueuë
Vous ne laissez pas d'estre vn Plaisir *pour la veuë.*

Le Marquis de Mirepoix, *vn des Plaisirs.*

E*Ncore que ie sois d'vn climat peu discret,*
I'ayme à ne dire mot de ma bonne fortune,
Et si ie suis iamais le plaisir de quelqu'vne
Ie seray son Plaisir *secret.*

Au Marquis de Villeroy, *vn des Plaisirs.*

LA Troupe des plaisirs estoit presque passée,
Alors qu'vn ieune Objet, aymable, tendre & doux,
Comme i'auois sur vous les yeux & la pensée,
Me vint dire à l'oreille, en me parlant de vous,
Il est asseurément le plus ioly de tous,
Et c'est en sa faueur que mon ame decide;
Mais fiez-vous à moy, me dit-elle entre-nous,
Ce n'est pas vn Plaisir *extremement solide.*

Le Marquis de Rassan, *vn des Plaisirs.*

BElle & charmante inhumaine,
Seul obiet de mon desir,
Comme vous estes ma peine,
Que ie sois vostre Plaisir.

Monsieur Coquet, *vn des Plaisirs.*

AVX DAMES.

A Iuger sainement icy de nostre dance,
Les Autres ne vont point du bel air dont ie vays.
Que chacune de vous dise ce qu'elle en pense,
Le dernier des Plaisirs *n'est pas le plus mauuais.*

XIV. ENTRÉE.

Influances de Saturne, qui produit plusieurs enchantemens.

Monsieur Villedieu, Les Sieurs Baltazard, Noblet, Don, Laleu, le Conte, Cordesse, Desonets, Arnal, Mercier, le Noble, & Bonard.

Pour des Enchantemens.

DE tant d'Enchantemens dont le monde est charmé,
A mon gré le plus grand & le plus ordinaire,
C'est de pouuoir aymer quand on n'est point aymé,
Et de suiure toujours la Cour sans y rien faire.

Influances du Soleil, accompagné des 24. Heures, de l'Aurore, & des Estoilles.

XV. ENTRÉE.

Les douze Heures de la Nuict.

Le Comte d'Armagnac, Le Cheuallier de Fourbin, Messieurs Coquet, de Souuille, & de l'Hery, messieurs Beauchamp, d'Heureux, de Lorge, de Gan, Des-Brosses, du Pron, & Des-Airs le Cadet. *Heures de la Nuict.*

Pour le Comte d'Armagnac, *representant vne Heure de la Nuict.*

VNe jeune Beauté qui n'a point de seconde
En vous seule a borné tous ses contentemens,
*Et vous estes l'*Heure *du monde*
Qui passez les plus doux momens.

XVI. ENTRÉE.

L'Aurore.

Representée par Mademoiselle de Verpré.

XVII. ENTRÉE.

Le Soleil & les douze Heures du Iour.

LE ROY, *Le Soleil.*

Monsieur le Duc. Le Comte de Saint Aignan,
Le Comte de Guiche,
Les Marquis de Genlis, & de Rassan.
Monsieur Bontemps ou M. S. Fré, Messieurs Verpré,
Bruneau, & Langlois. Les Sieurs Noblet,
Raynal, & la Pierre. *Heures du Iour.*

Pour LE ROY, *representant le Soleil.*

CEt Astre à son Autheur ne ressemble pas mal,
Et si l'on ne craignoit de passer pour impie,
L'on pourroit adorer cette belle Copie
Tant elle aproche prés de son Original.

Ses Rayons ont de luy le nuage écarté,
Et quiconque à present ne voit point son visage,
S'en prend mal-à-propos au pretendu nuage
Au lieu d'en acuser l'excés de sa clarté.

N'est-on pas trop heureux qu'il fasse son mestier
Dans ce Char lumineux où rien que luy n'a place,
Mené si seurement, & de si bonne grace
Par vn si difficile & si rude sentier?

Des secrets Phaëtons les grands & vastes soins
Pourroient bien s'atirer la foudre & le nauffrage,
Si pour la chose mesme il faut tant de courage,
Pour la seule pensée il n'en faut guére moins.

Voyant plus par ses yeux que par les yeux d'Autruy
Il empeschera bien ces petits feux de luire,
Par sa propre lumiere il songe à se conduire
Tout brillant des clartez qui s'échapent de luy.

Mais qu'il est dangereux pour ces tendres Beautez,
On ne l'éuite pas bien que l'on s'en recule,
Et s'il faut vne fois qu'il hasle ce qu'il brusle,
Que de Teints délicats vont en estre gastez!

Monsieur

Monsieur le Duc, *representant vne Heure.*

SI venant à sonner, je fais autant de bruit
Que l'Heure qui m'a precedée;
Quelle gloire pour moy, pour les autres quel fruit,
Ie ne sçaurois choisir vne plus noble idée;
Il faut acheminer ce que j'ay de momens
A d'aussi beaux éuenemens
Dont l'éclat bien auant dans l'auenir demeure
Et remplir tous les Temps de l'ouurage d'vne Heure.

Pour le Comte de S. Aignan, *representant vne Heure.*

DEs Heures il en est de plaisir & d'affaire,
Celle dont il s'agit est vne Heure *à tout faire,*
Le Soleil qui les fit toutes ce qu'elles sont
Y void je ne sçay quoy de brillant & de prompt,
Et sur ses ennemis au point qu'elle en atrape
L'Heure *frape.*

Mais est-il question de changer de maniere,
D'en prendre vne plus douce au lieu d'vne plus fiere,
Pour celebrer son Nom de bouche ou par écrit,
Et faut-il galamment payer de son esprit
Apres auoir ailleurs payé de sa personne?
L'Heure *sonne.*

Pour le Comte de Guiche, *vne Heure.*

DAns la Communauté des Belles,
Ce n'est pas tout d'estre auec elles
L'Heure *de recreation,*
Pour conseruer leur bien-veillance
Il faut que par discretion
Vous soyez l'Heure *du Silence.*

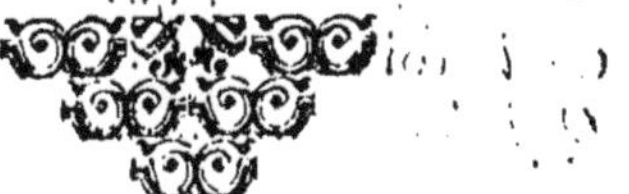

Pour le Marquis de Genlis, *vne Heure.*

LA belle Heure du jour sans doute la voila,
Si ce n'est la plus belle aumoins c'est la meilleure ;
On dit communement que l'Amour a son Heure,
Mais je douterois fort que ce fut celle-là.

XVIII. ET DERNIERE ENTRE'E.

Des Etoilles.

Mademoiselle de Toussy, Mademoiselle de Brancas, Mademoiselle de Bailleul, Mesdemoiselles de Barnouuille, de Broglia, de Vaure, de Plabisson, de Hargenlieu, de Certe, du Mousseaux, d'Arnouuille, de Saugé, Mignon, Longuet, Ribera, & Milet.

Pour Mademoiselle Mancini *qui deuoit representer vne Etoille.*

CHacun dans son estat a sa melancolie,
Ne cachez point la vostre, elle est visible à tous ;
Estre Etoille *pourtant c'est vn Poste assez doux,*
Et la condition me semble fort jolie :
Vous la deuiez garder, ce goust trop delicat
A vostre feu si vif & si remply d'éclat
Mesle quelque fumée ; & sert comme d'obstacle,
Les Etoilles *vos Sœurs vous diront qu'autre-fois*
Vne Etoille a suffy pour produire vn miracle,
Et pour faire bien voir du païs à des Rois.

Pour Mademoiselle de Toussy, *Etoille.*

DIroit-on pas que c'est l'Amour
Qui ne fait encor que de naistre,
*Où l'*Etoille *du point du jour*
Qui déja commence à parestre?

Mademoiselle de Brancas, *Etoille*.

*L*Es Etoilles le jour ne se laissent pas voir,
Leur tems de se monstrer est toujours vers le soir,
Ce qui de leur éclat peut causer de grands doutes:
Mais mon Teint deuient plus hardy,
Et deuant qu'il soit peu je feray voir à toutes
Les Etoilles *en plain Midy.*

Pour Mademoiselle de Bailleul, *Etoile*.

*D*Ans la suite bien-heureuse
De vos beaux & jeunes ans,
Vous serez pour quelque Gens
Vne Etoille *dangereuse.*

Pour toutes les Etoilles.

*L*E Ciel ne fut jamais en l'estat qu'il se treuue,
L'on diroit qu'il a mis vne parure neuue,
De tous ces petits Feux l'éclat est pur & fin,
Et la Nuit aura beau tendre ses sombres voiles,
On ne laissera pas de faire du chemin
Auecque la pluspart de ces jeunes Etoilles.

FIN.

www.ingramcontent.com/pod-product-compliance
Ingram Content Group UK Ltd.
Pitfield, Milton Keynes, MK11 3LW, UK
UKHW022142260726
13993UKWH00005B/2096

9 782329 172682